Un peu de la France

一点法国

[法]让－雅克·桑贝 著／绘　黄小涂 译

上海译文出版社

DUBO

APERITIF
BYRRH

出租客房

1380

DEFE

ETS POULIQUIN
D'AFFICHER
CGT
FO

Château Grand Caillol 1912

WAHF
GIGI

LE VENTOUX

CHEZ
MARION

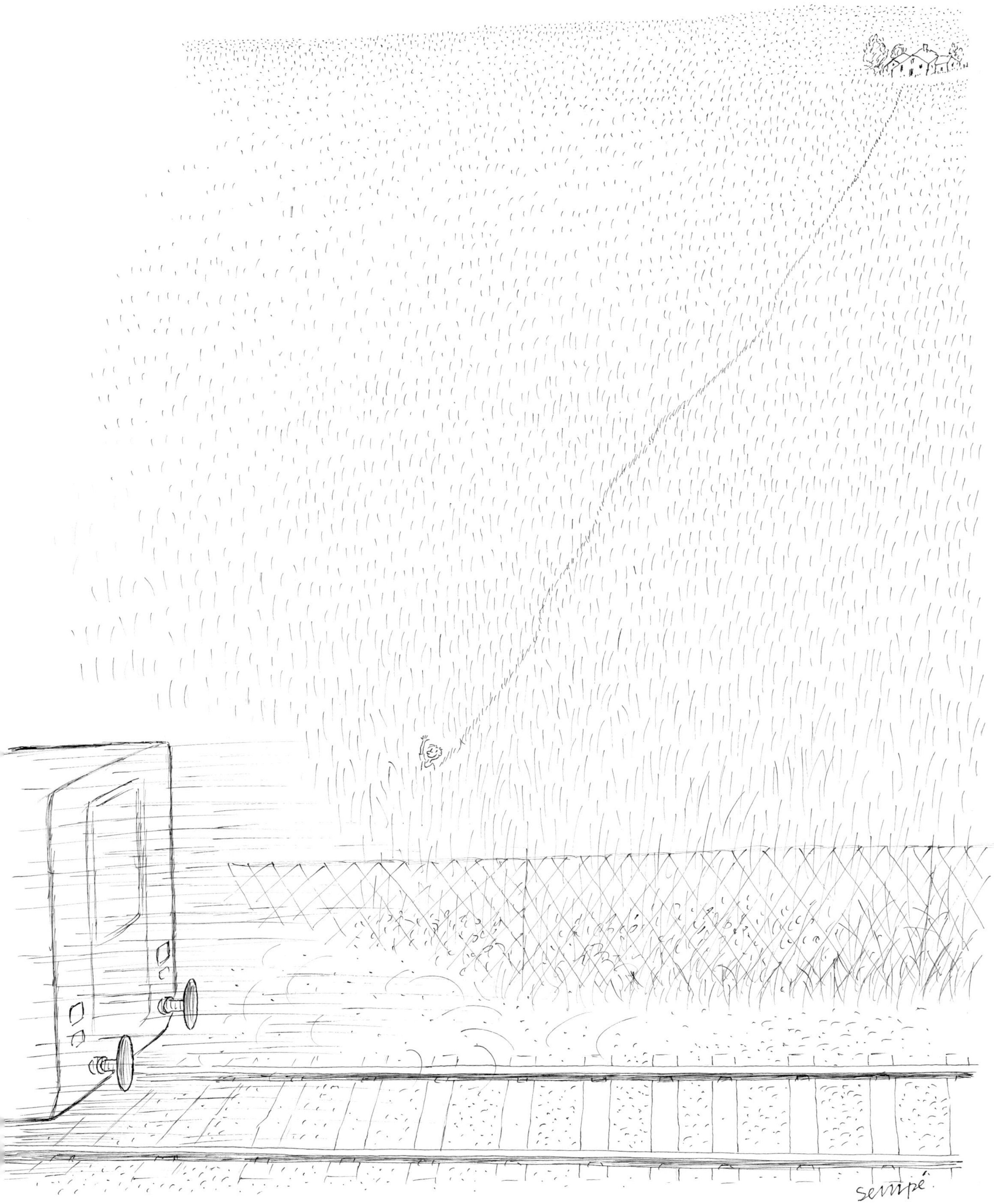
sempé

BYRRH
APERITIF
GARAGE
P. POUGNAC
GARAG

BOUCHERIE J.POLIN

PLEIN SUD
sempé.

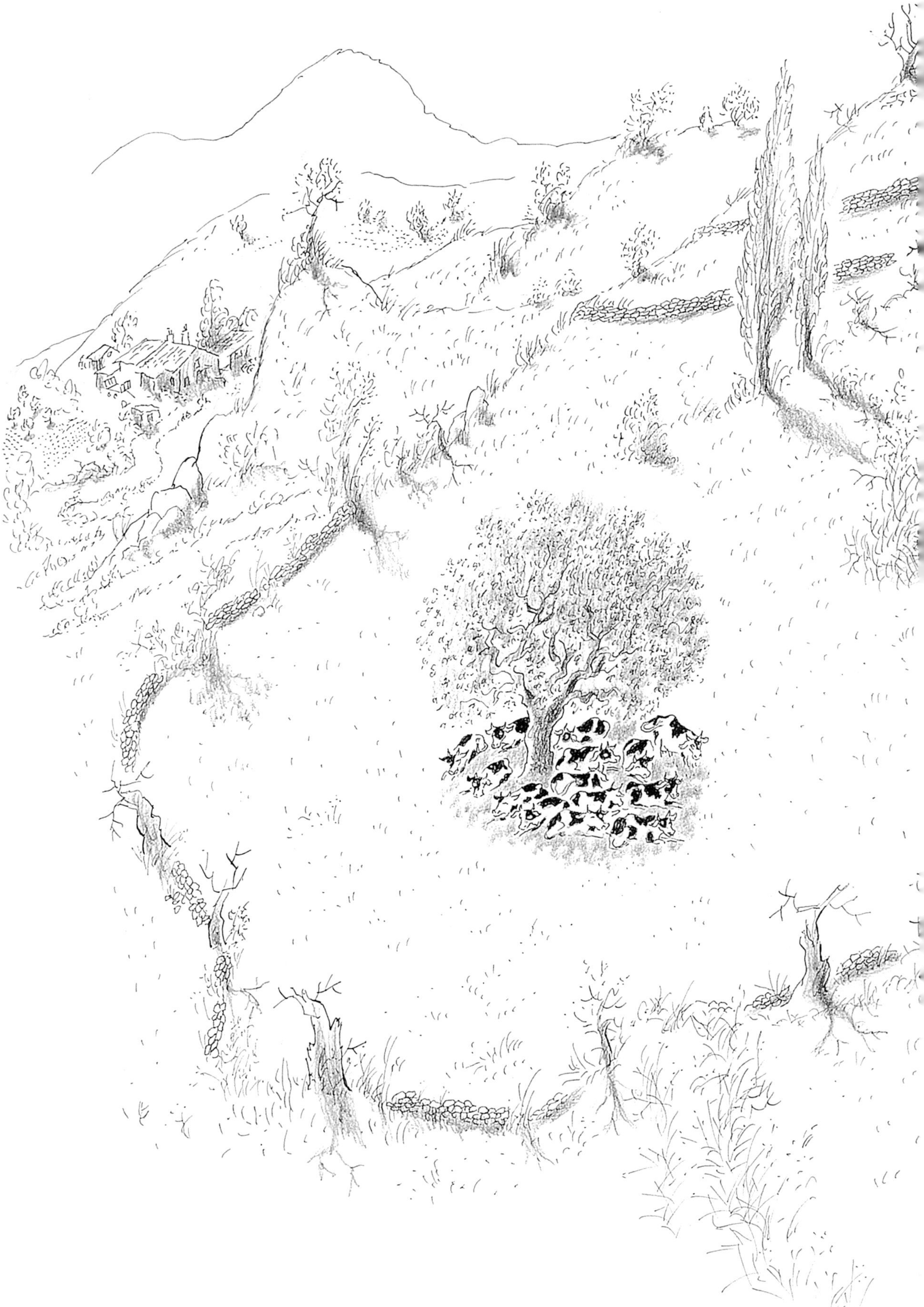

雨伞上的字是“乐居酒店”。

HOTEL BEAUSEJOUR

礼拜天（21日）15点
A.S.卡斯特龙队
对阵
A.S.蒙福尔坦队

DIMANCHE 21 A 15h.
A.S. CASTELON
CONTRE
A.S. MONFORTIN
BILLETS

PATISSERIE

CARMEN
15h

JOUR ET NUIT
JOUR ET NUIT
sempé.

UNIVERSITE D'ETE DU PARTI S
CONCERTATION
SECTION RHONE ALPES

UNION

sempé.

LA SEMAINE FOLLE
TOP
TOP
NEW
CONFORA
- 10%
SUPER PLUS
GEANT
- 5%
LA SEMAINE FOLLE
BRICOLO
P
LIVE

CHAMPAGNE

SNC

SKI
ECOLE
JULES FERRY

市政厅
自由、平等、博爱

MAIRIE
LIBERTE EGALITE FRATERNITE
NON
AU

sempé.

Madame Bovary 为福楼拜的代表作《包法利夫人》，讲述了主人公包法利夫人婚后因沉溺于爱情小说，困于家庭生活，最后出轨，引发悲剧的故事。

Madame
BOVARY

让-雅克·桑贝，2005

Jean-Jacques Sempé
Un peu de la France
Simplified Chinese edition is arranged through Bardon-Chinese Agency
First published by Editions GALLIMARD, Paris

图字：09-2021-152(1) 号

图书在版编目（CIP）数据

一点法国 /（法）让 - 雅克 · 桑贝著；黄小涂译．
—上海：上海译文出版社，2022.7
ISBN 978-7-5327-8909-2

Ⅰ．①一… Ⅱ．①让… ②黄… Ⅲ．①随笔 - 作品集
- 法国 - 现代 Ⅳ．① I565.65
中国版本图书馆 CIP 数据核字 (2022) 第 095142 号

一点法国
[法] 让 - 雅克 · 桑贝 著 / 绘
黄小涂 译

责任编辑 黄雅琴
装帧设计 胡　枫

上海译文出版社有限公司出版、发行
网址：www.yiwen.com.cn
201101 上海市闵行区号景路 159 号 B 座
上海雅昌艺术印刷有限公司印刷

开本 889×1194 1/16 印张 7.75 插页 4 字数 1,000
2022 年 11 月第 1 版 2022 年 11 月第 1 次印刷
印数：0,001—8,000 册

ISBN 978-7-5327-8909-2 / I · 5511
定价：148.00 元